詩控動物園

亮孩——著

作者

亮孩。大多時候是新竹人，長不大也不想長大。

喜歡玩、愛亂寫，關心社會也關心晚餐要吃什麼，愛護地球更愛護身邊的人。拚命思考、捍衛善良，努力實踐「勇敢是一種選擇」的生命態度。

兩本詩集《詩控城市》、《詩控餐桌》榮獲「好書大家讀」、「文化部中小學生讀物選介」推薦，並佔據排行榜冠軍一個月；另著有小品文集《下一場貓雨》，讓世界一起下一場動人的雨。

推薦序（依姓氏筆畫排序）

部落的長輩善於說故事，滋養了孩童的整個年少時光；而在孩童時懵懵懂懂地聽的故事，都在長大後才了解其中的智慧。

《詩控動物園》卻是由孩子來說故事，透過動物和人類世界的連結，將成人的世界打散重組，重回那段懵懂的時光。

用獸口咀嚼人性，用鳥喙吟唱情感，用魚嘴吐露詩意；少年詩人的這枝筆，動人而美麗。

夏曼·藍波安

—— 海洋文學家

我們的心搭乘身體這艘船航過這一輩子，感官是外在的天線，
讓我們內在的心充分感受航途中通過舷邊的風景。

《詩控動物園》引導我們在航途中敏銳獲得而不是一次次錯過，
讓我們學習用簡單易懂的文字做表達，一步步看見自己也看見
世界。

廖鴻基

—— 海洋文學作家

編者序

轉眼，「詩控」竟來到第三本了；這三年，像一場驚奇之旅。

前兩本詩集《詩控城市》、《詩控餐桌》收到超乎預期的迴響。文學界、教育界、文案圈，無不對亮孩的創作能量感到震撼，而這正是亮語文創的核心——「讓孩子感動世界，讓世界看見孩子」。

這次，亮孩走進更原始的動物世界，探索鳥獸的人性，挖掘人群的獸性，化為一百首動人的二行詩，帶讀者一起翱翔、奔馳、優游在動人的萬千世界。

彭瑜亮

——亮語文創總編

目次

李欣緣18歲

河豚

再毒，也毒不過
你的嘴

52 赫茲鯨魚

在無聲中等待，明日的絮語
與昨日的呢喃重逢

徐愛崴 18歲

邱伶14歲

孔雀

所謂的美麗
不過是虛張聲勢罷了

小美人魚

說不出口的愛碎成泡沫
在夜的浪潮裡反覆爆裂

鄧謙實 16歲

綿羊

呢喃細數著相處的點滴
你睡著後，我又失眠了

綿羊

做我的牧羊人
哄你入夢

吳香翎17歲

曾禾忻 13歲

鯨魚

淹沒在深色的憂鬱中
忘了，呼吸

袋鼠

沒有百寶袋
只有一袋寶

顏映慧 18歲

魏少丞16歲

夏蟬

奮力喚著
留不住的青春

周宛萱18歲

紅鶴

雙眼埋入羽翼
在哀鳴的大地尋找平衡

〈豬〉

我吃得很多
你吃得更多

杜慧蓮 17歲

徐愛崴 18歲

龍

騰繞在真假難辨的亂世
我缺的，從來不是一雙眼

鳳凰

沒事的。就讓一切燒成灰燼
我們重新來過

許馨方 14歲

後來的藥，有奏效嗎？

白老鼠

在你們的孩子身上

錦鯉

衣錦放棄成龍夢
一生甘為池中物

孫庭柔 18歲

江宜霏 14歲

蟬

唯恐天下不知己
卻傳天下皆知了

蝙蝠

披著夜色奔波
還是沒能成為，你的英雄

賴宥瑄 14歲

鸚鵡

你說我很會說話
我說的不是真心

青蛙

只是不願跳出
你逐漸沸騰的溫柔

〈倉鼠〉

打滾了一生
跑不出的輪迴

吳昀鐫 18歲

周昀妍 15歲

飛魚

天空是自由的囚籠
或是你以為的放縱

公雞

生前向著陽光
死後撐著浮塵

孫瑜鍹17歲

蝸牛

背著脆弱的自尊
掩蓋軟弱的事實

鳳凰

當時的樓臺
少了你，只是一座空城

江宜霏14歲

狐狸

只是等著被馴養
怎麼就成精了呢？

井底蛙

怎麼沒人下來看看
這口遠離塵囂的世界

童翌安16歲

48

邱竣陽 18歲

恐龍

是世界病了
才容不下我的存在

鯨魚

不懼驚濤暗礁，也要
誓死守護心中的小木偶

劉侑晉17歲

魚

失去逃避的可能
只能眼睜睜看著

刺蝟

你怕我
我怕你

陳宥嘉11歲

〈狗〉

你每次的孤注一擲

我都會奮力向前

顏映慧18歲

周昀妍15歲

醜小鴨

「我會變成美麗的天鵝！」
「我去你的童話。」

蚊子

在人群的掌聲中
失去自我

周姿妤18歲

蝴蝶

圖鑑上的通緝犯
美麗的罪過

兔

為了再次與你相遇
我已在樹下守了五百年

古承縈 18歲

余珊妮 17歲

蜜蜂

繁忙的生活
只為給你多點甜蜜

螞蟻

默默為你收藏
被歲月遺落的甜美

廖翊光13歲

60

林英齊 18歲

斑馬

堅持黑白分明

卻落得遭人踐踏

臭鼬

滿肚子氣
出了就好

林冠岳 14歲

〈黑猩猩〉

血統再純正，終究
低人一等

孫庭柔 18歲

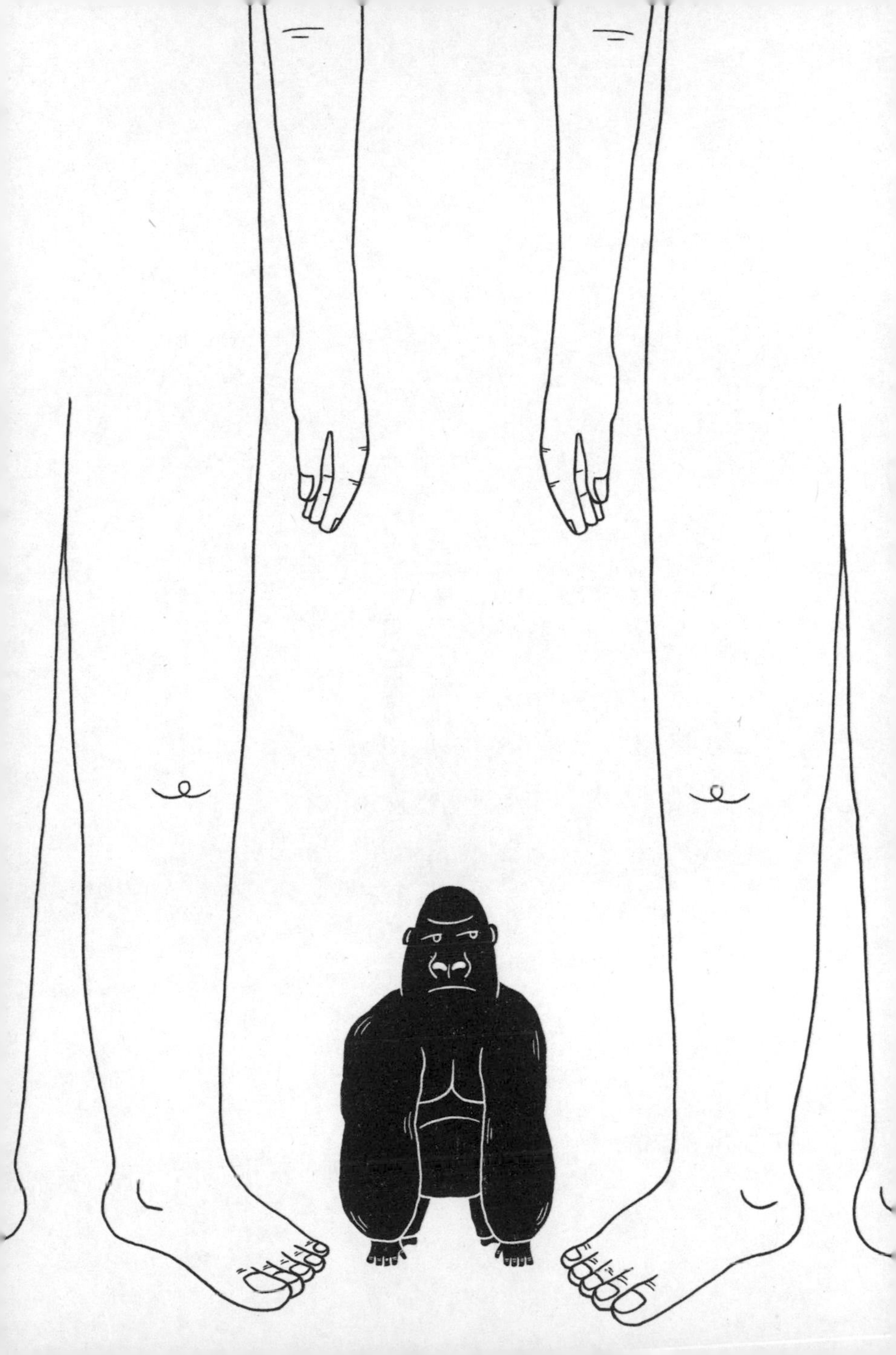

64

林芷萱18歲

狐狸

早就知道葡萄的滋味。只是
那酸澀，不能只有我知道

牡蠣

層層包覆的圓融
誰還記得從前的細砂

邱伶13歲

王玟儒18歲

耕牛

一步一腳印，跟不上
時代的無情

狡兔

今晚，回哪個家

才不會寂寞？

郭子瑄 18歲

雙髻鯊

總是錘頭喪氣
已很努力看開

比目魚

貼在底層的生活
如何看得開？

林郁岑18歲

陳暄承 17歲

蟬

用一聲
陪你一夏

官湧泰15歲

變色龍

還要多少謊言
才能隱沒一生

林宣邑18歲

狗

一黑二黃三花四白
盡是一片赤膽忠心

枯葉蝶

化作一片落葉
飄入你蕭瑟的夢裡

賴宥瑄14歲

〈烏賊〉

想要逃避

就一定得抹黑別人嗎

童翌青 10歲

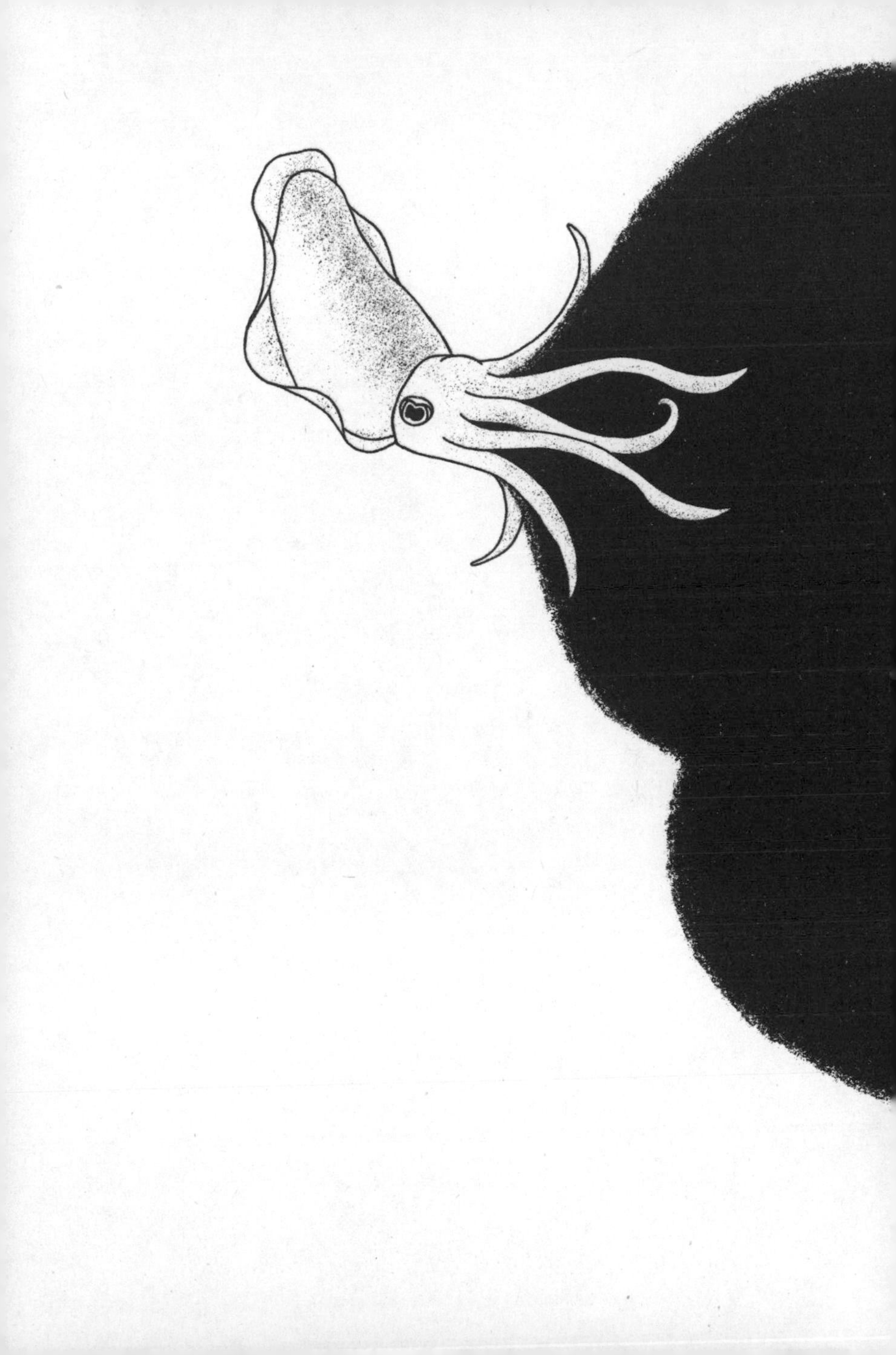

羅安晴 14歲

貓

我無意冷漠
是你自作多情

海螺

昔人已遠，徒留
記憶中的波濤。空鳴

張沁妘 17歲

水牛

汗滴禾下土
卻成了誰的盤中飧

衣魚

游走於絲綢之路
終究，化為一片塵土

顏映慧 18歲

歐柏汎 11歲

蝸牛

自己的家
自己扛

燈籠魚

深淵裡的一道光
我的希望，你的慾望

胡瑄妤 18歲

周巧甯 13歲

鮭魚

時間的洪流，無法沖去
返家的渴望

豬

看不上眼
食得下嚥

〈水蛇〉

你靠減肥

我，靠腰

吳承駿 18歲

鴿子

潔白的羽毛
在煙硝中殞落

觀賞魚

你羨慕我的自在
我渴望你的自由

鍾知頤18歲

兔子

為了更長遠的路
輸了一時，又何妨？

蝙蝠

別說我倒行逆施
是你們顛倒黑白

許馨方 14歲

蟬

後來，我還是把你
還給夏天了

蚊子

暗中傷人
卻都一針見血

蔡僑陽 16歲

王苡儒 18歲

綿羊

赤裸裸地

把最溫暖的冬天，給你

鸚鵡

漸漸遺忘
自己的語言

羅慈涵14歲

94

杜昕嫚11歲

牛

輕咬，昨夜殘存的餘溫
慢嚼，明晨甜美的笑容

小鹿

別再亂撞了！
小心我抱緊處理

〈蜘蛛〉

別怕！網上見
我們會永遠在一起

孫庭柔 18歲

糞金龜

勤，糞
一輩子

禿鷹

他歌詠這滿目瘡痍的土地
「我們信仰枯萎的時光。」

周昀妍15歲

蔡喬薏 18歲

拋棄回憶，換來
一生優游自在

金魚

金絲雀

高聲獻唱
自由的輓歌

周巧甯 13歲

蚊子

故事的結尾，是一陣掌聲
和一朵紅玫瑰

蚊子

在每個擱淺的枕畔哄你入眠
卻成全了誰的明月光

劉侑晉 17歲

北極熊

一生浮沉
哪裡還有我的落腳處？

李沛軒 17歲

無尾熊

太遲鈍的愛
用擁抱替代

〈招財貓〉

掙來的
從不是我的

謝安綸 14歲

財
100

蜘蛛

佈下天羅地網
只為尋你一人

浮游生物

是不是藏進群體
就能隨波逐流？

水母

你的傻
有毒

李卅12歲

變色龍

隨著環境改變
卻從來沒能跟上

曾俊凱 18歲

孔雀魚

萬千色彩，還是得
看人臉色，度過魚生

蝸牛

負重，前行
我是有房的遊民

童翌安16歲

蔡閎馳 18歲

蜜蜂

一命償一命
針芯換絕情

扇貝

將歲月凝成一刻
獻給不屬於我的愛情

〈長頸鹿〉

脖子得伸長一點，不然
會被淘汰的！

胡瑄婷18歲

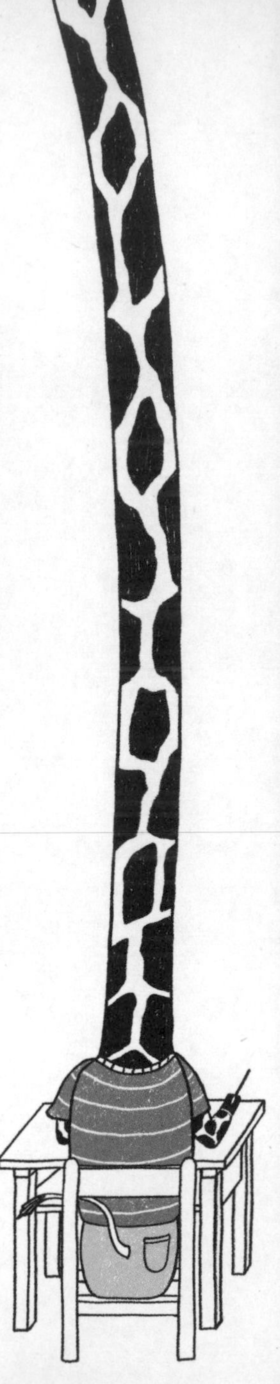

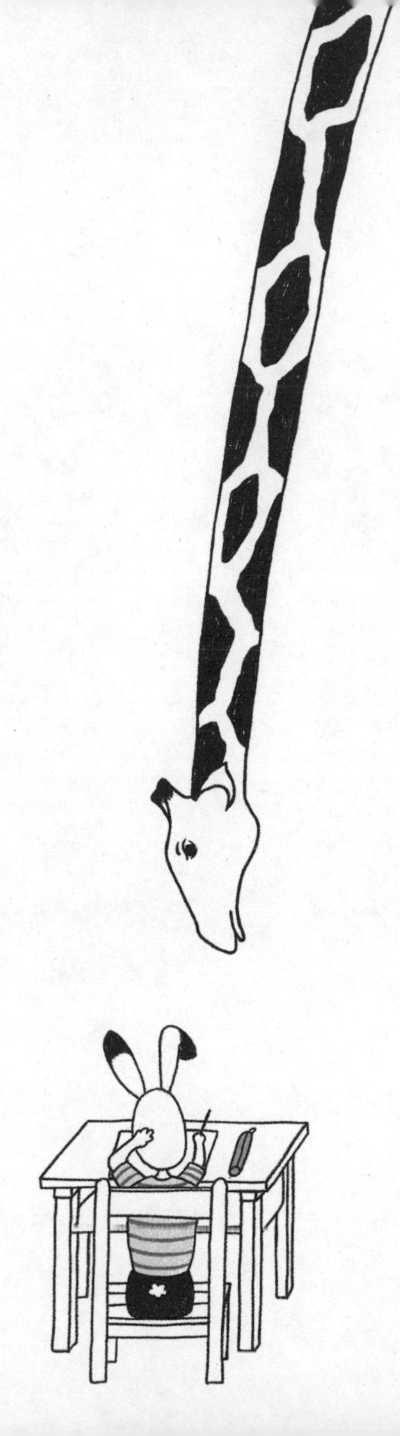

張詠婷18歲

北極熊

天啊！熱到要融化了

冷氣再開強一點。好嗎？

美人魚

唱著，深海中
最淒涼的童話

周姮均 16歲

陳璿修 18歲

斑馬

身在遼原
卻依然是個囚徒

寄居蟹

浪子，回頭
依然不知家為何物

熊

想念童年
在你懷裡的每次冬眠

癩蛤蟆

醜陋的人
不配作夢

賴宥瑄 14歲

周昀妍 15歲

飛蛾

別笑！我只是
相信光

邱伶13歲

烏龜

你知道嗎？堅強的防衛
好沉重

溫泉魚

我願吻去你的傷疤與負累
當你，為我駐足

狐狸

我可以不搗蛋，只要
你是我的小王子

〈螢火蟲〉

抓住，兒時夢想

收藏，滿夜星辰

孫庭柔 18歲

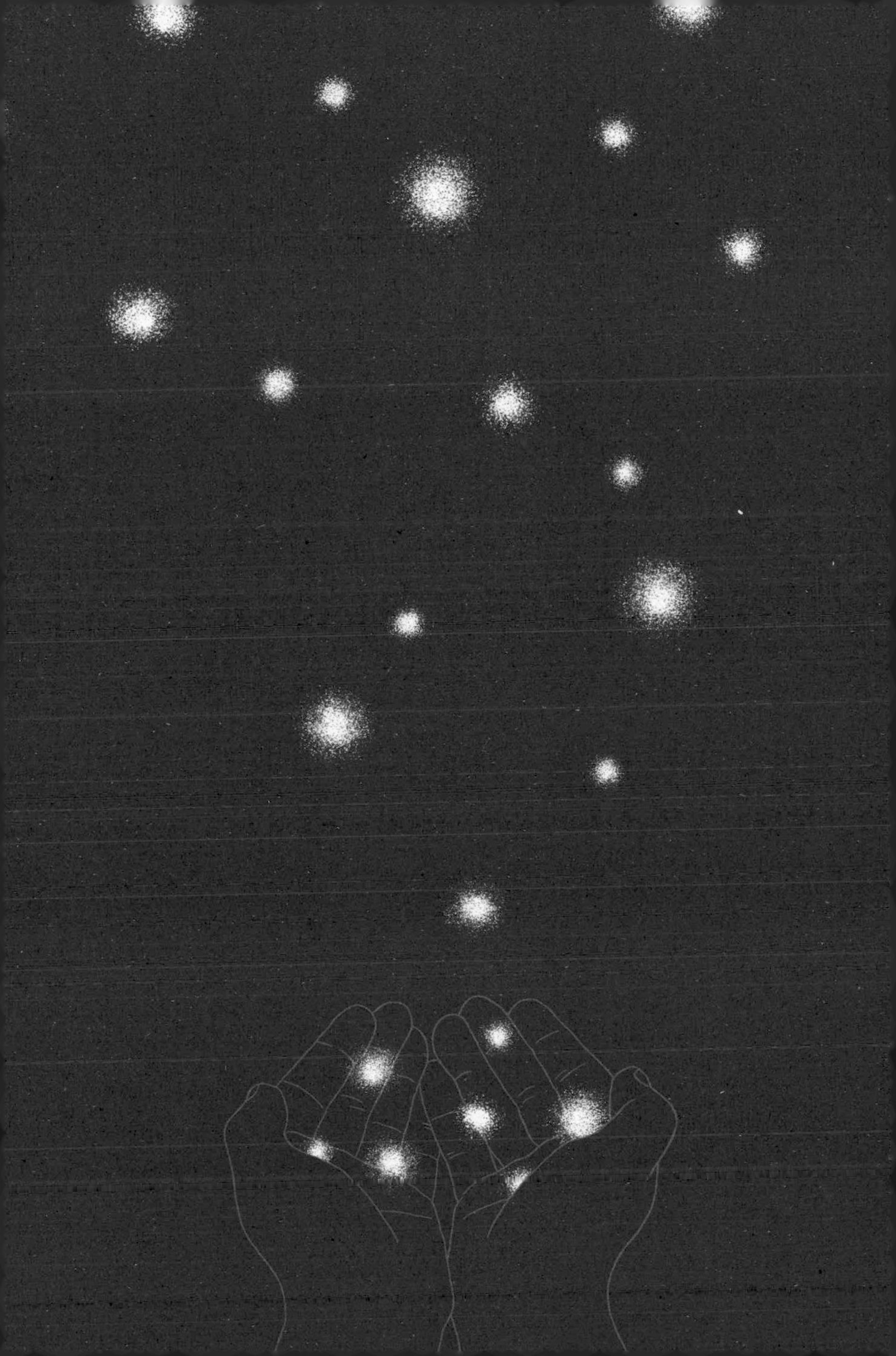

亮孩群（依姓氏筆畫排序）

王亭之　王苡儒　古承縈　江宜霏
朱雁白　吳香翎　吳典臻　吳昀鐫
吳承駿　邱　伶　邱竣陽　邱一宸
杜慧蓮　杜昕嫚　李欣緣　李沛軒
李　卅　余珊妮　沈書禾　周宛萱
周昀妍　周姿妤　周巧甯　周聖諺
周姮均　林芷萱　林英齊　林冠岳
林郁岑　林宣邑　官湧泰　胡瑄妤
孫庭柔　孫瑜鍹　陳璿修　陳宥嘉
陳暄承　徐愛崴　郭子瑄　高聖展
張沁妘　張詠婷　莊品絜　許馨方
童翌安　童翌青　曾禾忻　曾俊凱
游騰勛　馮栴祺　鄧謙實　廖翊光
蔡僑陽　蔡喬薏　蔡閎馳　劉侑晉
歐柏汎　賴宥瑄　鍾知頤　謝安綸
魏少丞　魏庭語　顏映慧　羅安晴
羅慈涵　羅霈耘

詩星03
詩控動物園

作者 亮孩
總編輯 彭瑜亮、陳品誼
編輯 鄭雅婷、洪士鈞
行銷企劃 莊婷婷
出版行政 陳芊霏
設計 宋柏諺
手寫字 彭瑜亮、陳昕妍
出版 亮語文創教育有限公司
地址 302新竹縣竹北市光明六路251號4樓
電話 03-558-5675
電子信箱 shininglife@shininglife.com.tw

印刷 漾格科技股份有限公司
總經銷 知己圖書股份有限公司
初版一刷 2022年10月
定價 280元
書號 AB006
ISBN 978-986-97664-9-4

國家圖書館出版品預行編目(CIP)資料

詩控動物園 / 亮孩著．初版
新竹縣竹北市．亮語文創教育有限公司
2022.10 / 136面；13x19公分（詩星03）
ISBN：978-986-97664-9-4（平裝）
863.51　　111011898